こうやって、考える。

外山滋比古

PHP文庫

○本表紙図柄＝ロゼッタ・ストーン（大英博物館蔵）
○本表紙デザイン＋紋章＝上田晃郷

はじめに

派手な結婚披露宴が流行っていた頃のことである。スピーチが長くて、みんな迷惑していた。

「おわりに、もうひとつ申し上げておきたいことがありまして……」

という話は、決してそれでは終わらない。

「ついでにもうひとつお話ししたいことが……」

という調子だから果てしがない。

厨房で聞いていたコックたちが苛立って

「スピーチとスカートは短いほどいい」

と叫ぶ。するとコック長が、

「どちらも、なけりゃ、もっといい」

と言って貫禄を示したという。

日本には俳句という世界一短い形式の詩があり、おびただしい数の詩人がいるくせに、どうしたものか、短いことばで話すのが上手でない。延々とわけのはっきりしない話をするのである。

かつて、スピーチがうまいことで有名な学長がいた。

付属小学校の校長を兼ねていたこの学長、折々の式辞は必ず、せいぜい三分でおさめる。あっというまに終わるが、後に残ることを話すため生徒の評判がよかった。

校長の話なんか、分かるもんかと思っていた小学生たちも、この校長のスピーチには感心した。アッというまに終わってしまうので、退屈するヒマもない。家へ帰って話すから、親たちがファンになって、あちこち吹聴したというのである。

南極に行っている夫に新妻が新年、正月の電報を打った。

「アナタ」

その簡潔な電文に、何とも言えない情感を受けた人が多かった。短いからこそ心打たれるのである。

文章についても、短いことは良いことであるらしい。特に日本では短文のアンソロジーが古典として残っている。たとえば、『徒然草』など、片々《へんぺん》たる小冊子である。本にして大冊になる『徒然草』は考えることもできない。

明治以後、外国に影響されて、重厚長大をよしとする風潮が広まったが、その中に優れたものはまことに少ない。小説でいえば、短編にかけては優れた作品が少なくないが、長編の小説で見るべきものは甚だ少ない。

エッセイにおいても、短いエッセイはそれなりにおもしろいが、長編のエッセイでおもしろいものはほとんど無いと言ってもよいであろう。

私自身、広い意味で、エッセイと言ってよい文章を数多く書いてきた。なるべく短く、と心がけて書いたものの、冗長に流れることが少なくなかった。もっと短く、味わいのあるエッセイが書きたいと願いながら、年をとってしまった。いまさら、どうすることもできない。そう思っていたところへ、「発想力や思考力を磨くヒントになるような箴言集《しんげんしゅう》を、これまでの著作から抜粋して作らせてほしい」と申し出てきたのがPHP研究所の出版部であった。

利用するところを選び出すのに、著者はほとんど無力である。「よろしく」とだけお願いして、できたのが本書というわけである。

校正などしている間に、おもしろいことに気付いた。引用された短文が、もとの本文の中にあったときとは違った、新しいニュアンスをともなっているのである。引用されることで、味わいが濃縮されるのかもしれない。

簡潔は智の真髄

ということわざが、長大文化のイギリスにあるのがおもしろい。
本書の短いことばたちが、少しでも読者の役に立てば幸いである。

こうやって、考える。目次

第二章 思考のプロセス

第三章　思考力を高める方法

第四章　知性を磨く生活

第五章　思考につながる読書

第六章　発想が豊かになる〝おしゃべり〟

第七章　未来を創るヒント

第一章
発想力を鍛えるヒント

idea

化合物を求める

発想のもとは、個性である。

発想が扱うものは、周知、陳腐なものであってさしつかえない。そういうありふれた素材と素材とが思いもかけない結合、化合をおこして、新しい思考を生み出す。発想の妙はそこにありというわけである。

発想のおもしろさは、化合物のおもしろさである。元素をつくり出すことではない。

『思考の整理学』

未知のものを見つけ出す

むやみと情報、知識を集めて喜ぶのは幼稚である。どんな小さなことでもいい。自分の生活の中にひそんでいる未知のものを見つけ出して、それをもとに自分の〝知見〟を創出する——これが、〝知的〟である。

『大人の思想』

おどろく心を維持する

発見するには、成心があってはならない。何とか発見してやろうというような緊張があってはならない。かたくなな心ではだめである。心を半ば空しくしている必要がある。純真で、素直でなくてはならない。ものにおどろく心を失わないようにしなくてはならない。目をふさいで新しいものを発見しようとしても無理である。目をあけていても、一つの方向に釘づけされていては充分に見ていることにはならない。

『ライフワークの思想』

idea
004

真正面から闘わない

正面きって、アイディアよ、あらわれろ、などというのは野暮というものので、アイディアはそういう素朴な思考ではとらえられない。かえってかくれてしまう。いかにも忘れたようにしていると、アイディアは油断して、そっと姿をあらわす。一筋なわではいかない、くせ者である。

『アイディアのレッスン』

無意識を使いこなす

どうも考えは一度水にくぐってくる必要があるように思われる。寝て目をさましたときの考えがそうであるし、しばらく忘れるともなく忘れているると、おそらく無意識のうちに熟していたであろう考えが突然躍り出る。意識という水面上では見えない成熟が無意識界という水面下において進んでいて、好機に恵まれると、外へとび出してくる。アイディアよ出てこい、アイディアよ出てこい、とばかり、たえず追い廻していると、ろくでもない考えばかりひっかかる。

『知的創造のヒント』

idea
006

偶然に任せる

とにかく、何かを求めて一心に努力する必要がある。精神が緊張状態にあるときに、中心の問題ではなく、周辺の、あるいは予想外のところの事実、アイディアが、視野の中へ飛びこんでくる。そういう意味でのインスピレーションであり、偶然の発見である。ふと心に浮かぶ、というようなかたちでなら、だれしも経験したことがあるはずである。

『ちょっとした勉強のコツ』

失敗からセレンディピティを得る

人間は、少しあまのじゃくに出来ているらしい。一生懸命ですることより、軽い気持ちですることの方が、うまく行くことがある。なによりおもしろい。このおもしろさというのが、化学的反応である。

化学的なことは、失敗が多い。しかし、その失敗の中に新しいことがひそんでいることがあって、それがセレンディピティ（思いがけないことを発見する力）につながる。セレンディピティは失敗、間違いの異名である。

『乱読のセレンディピティ』

idea
008

問いに縛られない思考を身につける

しばりのある考えに対して、当てもなく、ぼんやり考えるのが自由思考である。問いのない思考はなかなかおこりにくいが、出てくる思考は他に類のないオリジナルなものであり得る。思考の真骨頂はこの自由思考にある。発見、発明にも結びつくものであるだけにもっとも重要な思考であるが、困ったことに、教えたり、学んだりすることが難しい。

『エスカレーター人間』

場所を選ぶ

文章を練るとき、もっともよく妙案の浮かぶのは三上である、と中国の昔、欧陽脩《おうようしゅう》という人が言った。三上とは、枕上、鞍上、厠上である。

そういうところで、精神は最大の自由を獲得する。はじめから考えようとしているのではなく、眠ろう、どこかへ行こう、用を足そう。そう思っているとき、思いがけず心は澄むらしい。予想もしなかった名案が浮かんでくる。

『人生を愉しむ知的時間術』

idea
010

メモの習慣を身につける

アイディアは、いつどこであらわれるか知れない。しかも、考えている最中でないことが多い。ほかのことをしているときである。そのとき、ひょいと、ひらめくように頭をかすめるのがアイディアである。

アイディアをとらえようとしたら、常住坐臥《じょうじゅうざが》、寝てもさめても、来らば逃さじ、と準備の構えを怠ってはならない。その準備がメモというわけである。

『アイディアのレッスン』

頭の中から探そうとしない

オリジナルなテーマは頭の中だけでは生まれない。生きていく活動の中からひょっこり飛び出してくるらしい。机に向かって考えるだけでは充分でない。常住坐臥、いつも頭の中にとどめていてはじめて、テーマになるもののようだ。

『乱読のセレンディピティ』

idea
012

まずは自分で見る

テーマを発見せよ、というと、目ぼしい参考書をあさって、何かおもしろそうなことはないか、とうろつきまわることがすくなくないが、順序が逆である。ひとのめがねでものを見てから自分の目で見ても、正しく見えるはずがない。まず、自分で見る。

『知的創造のヒント』

idea
013

思い付きを大事にする

近代の人間は高性能な専門機械のように、ごく狭い範囲の仕事にだけ高度の能力をもつことを理想にしてきたために、大らかな創造の喜びを知ることがすくなくなってしまった。普通の生活をしていれば、小さなセレンディピティのようなことは毎日のように起こる。それをわれわれは何気なくおもしろいことを思い付いたなどといって見のがしているが、思い付きはもっと大事にされなくてはならない。

『知的創造のヒント』

idea
014

編集視点で考える

〝知のエディターシップ〟、言いかえると、頭の中のカクテルを作るには、自分自身がどれくらい独創的であるかはさして問題ではない。もっている知識をいかなる組み合わせで、どういう順序に並べるかが緊要事となるのである。

『思考の整理学』

idea
015

精神の加工を経させる

創造も精神のエディターシップによって可能になる。自然、事件、情緒などが生のままに表出されても芸術的創造にはならないのである。心の加工、編集の過程を経てまろやかになった経験や自然の印象が創造になるのである。原型と比べて誤りが混入しているなどというのは創造の何たるかを解しない者の言である。

『ものの見方、考え方』

第二章
思考のプロセス

process

生活に根差した知識を求める

知的な活動の根本は、記憶によって得られる知識ではありません。生活から離別した知識は、むしろ考える力を低下させるおそれさえありま す。こういうことを、しっかり頭に入れておかなくてはなりません。

『50代から始める知的生活術』

考える基礎は〝生活〟

長い間、考える基礎は知識であると信じていましたが、知識から思考の生まれることはまれで、生まれる思考は小粒で非力です。思考は、生きている人間の頭から生まれるのが筋です。研究室で本を読んでいる人は思考に適しません。生活が貧弱だからです。

『50代から始める知的生活術』

process 018

忘れることを怖れない

悪い忘却ばかりではなく、有用な忘却もある。忘却は、悪玉だけでなく、善玉忘却も存在する。悪玉忘却は頭のはたらきの衰えであるが、善玉忘却は頭のはたらきをよくする。

忘却を一概に怖れ、嫌うのは間違っている。善玉忘却を認めないのは偏見であると言ってもよい。忘却によってわれわれの頭はよくもなるし、また、力を失うことにもなる。

『知的生活習慣』

process
019

知識の生産性を高める

知識を得たら、すぐに、使わない。時間をおいて、変化するのを待つ。善玉忘却によって知識を解体、浄化するのである。時の力を加えることで、知識は変容し、昇華する。正確でなくなるかもしれないが生産性を獲得する。そういう特化した知識は、思考と対立しない。
思考にとって役立つ知識は、善玉忘却をくぐってきたものである。

『知的生活習慣』

天与の不満が原動力

必要（necessity）は発明の母、ということばもある。necessityを必要と割り切ってしまうのは、いくらか疑問に感ずるけれども、necessityこそ天与の不満にほかならない。そういう原動力がなくて、ぬるま湯に浸かるように日常性に埋没していては、創造的思考などできるわけがない。

『ものの見方、考え方』

コクのあるテーマを育てる

テーマはねかせたまま忘れてしまってよい。いくら忘れようとしても、どうしても忘れきれないもの、それが、その人にとってほんとうに大事なものだ。そういったものをもとにして思考を伸ばしてゆくと、酒になる。その酒は、カクテルのように口あたりはよくないかもしれない。しかし、これは酒でないものからつくった酒で、酒を寄せ合わせたカクテルとはちがう。いつか腐ってしまうカクテルではなく、年とともにコクの増す、芳醇《ほうじゅん》なものなのだ。

『ライフワークの思想』

放っておく

外国に、〝見つめるナベは煮えない〟ということわざがある。早く煮えないか、早く煮えないか、とたえずナベのフタをとっていては、いつまでたっても煮えない。あまり注意しすぎては、かえって、結果がよろしくない。しばらくは放っておく時間が必要だということを教えたものである。

考えるときも同じことが言えそうだ。あまり考えつめては、問題の方がひっこんでしまう。出るべき芽も出られない。

『思考の整理学』

寝させる

思考の整理法としては、寝させるほど大切なことはない。思考を生み出すのにも、寝させるのが必須である。

長い間、心の中であたためられていたものには不思議な力がある。寝させていたテーマは、目をさますと、たいへんな活動をする。なにごともむやみと急いではいけない。人間には意志の力だけではどうにもならないことがある。それは時間が自然のうちに、意識を超えたところで、おちつくところへおちつかせてくれるのである。

『思考の整理学』

思考の深化を待つ

半分忘れかけていたようなことでも、自分にとって本当におもしろいことなら、決して忘れっぱなしにはなりません。価値あるものなら、たいていある時期によみがえってくるものです。しかも、たんに記憶が戻るのではなく、深化した思考として姿を現すのです。

『50代から始める知的生活術』

抽象のハシゴを登る

思考の整理というのは、低次の思考を、抽象のハシゴを登って、メタ化して行くことにほかならない。第一次的思考を、その次元にとどめておいたのでは、いつまでたっても、たんなる思い付きでしかないことになる。

整理、抽象化を高めることによって、高度の思考となる。普遍性も大きくなる。

『思考の整理学』

process
026

着想を古典化する

思考の整理には、忘却がもっとも有効である。自然に委ねておいては、人間一生の問題としてあまりにも時間を食いすぎる。

忘れ上手になって、どんどん忘れる。自然忘却の何倍ものテンポで忘れることができれば、歴史が三十年、五十年かかる古典化という整理を五年か十年でできるようになる。時間を強化して、忘れる。それが、個人の頭の中に古典をつくりあげる方法である。

そうして古典的になった興味、着想ならば、かんたんに消えたりするはずがない。

『思考の整理学』

風を入れる

われわれは気軽に、考えた、考えた、と言うけれども、その初考は、なお、生々しく、不純なものを含んでいる。しばらくして、つまり風を入れてから、もう一度、考えなおす。再考である。多くはここどまりだが、念の入った推敲を試みるなら、三考が必要になる。それほど考えるのは例外的で、四考、五考というのは、ことばすら存在しない。風を入れることが洗練化の必須の条件であるとするならば、当然、多考がもっと行なわれてしかるべきであるように思われる。

『忘却の整理学』

比喩で思考を節約する

〝人生は舞台だ、人間は役者だ〟（『マクベス』中のせりふ）は詩的比喩であって、死んだ比喩とは区別される。遠いものを結び合わせて互いの中に潜在する類似に気づかせるのが想像力であるが、比喩は想像力のもっとも具体的な表出である。

すぐれた比喩は思考を節約する。一閃全貌《いっせんぜんぼう》をとらえる。こまかいところはとにかく、全体を把握するのに、これほど有効な方法はすくないように思われる。

認識や創造の基本として見直されなければならないだろう。

『知的創造のヒント』

〝ことわざ〟をつくる

個々の経験、考えたことをそのままの形で記録、保存しようとすれば、煩雑にたえられない。片端から消えてしまい、後に残らない。

一般化して、なるべく、普遍性の高い形にまとめておくと、同類のものが、あとあとその形と照応し、その形式を強化してくれる。つまり、自分だけの〝ことわざ〟のようなものをこしらえて、それによって、自己の経験と知見、思考を統率させるのである。そうして生まれる〝ことわざ〟が相互に関連性をもつとき、その人の思考は体系をつくる方向に進む。

『思考の整理学』

process
030

とり合わせの妙

しその実はそれだけ食べてもそれほどおいしくないかもしれないけれども、しるこの膳に小皿にのってあらわれると何ともいえない風味である。われわれはしその実を梅干といっしょにして、つまらぬものだときめてしまうようなことを案外しばしばやっているのではあるまいか。しその実をしるこの相手にするのはりっぱな創造である。初めてこれを考えた人は詩人であったに違いない。

『知的創造のヒント』

第三章
思考力を高める方法

think

考えごとは朝にする

ものを考えるのは、朝、目覚めてからの短い時間がいい。よく眠ったあとの朝は気分爽快で、頭の中の様子はわからないが、夜、寝る前よりは、きれいになっているにちがいない。そこで考えたことが、一日中でベストであると決めた。もともと、夜になってからものを考えようとしたことはなかったが、一日中、着想を求めていたのは、少し不自然であると考えるようになった。

『知的生活習慣』

知識に甘えない

知識は有力であり、適当に使えば知識は「力」であるけれども、困ったことに、知識が多くなると、自分で考えることをしなくなる。知識があれば、わざわざ自分で考えるまでもない。知識をかりてものごとを処理、解決できる。知識が豊かであるほど思考力が働かない傾向になる。極端なことを言えば、知識の量に反比例して思考力は低下する、と言ってよいかもしれない。

『「マイナス」のプラス』

常に問い、疑う

手はじめは、なにごとによらず、新しいことがあらわれたら、「これ、なに？」と自問する。「どうして？」と問うこともあろう。常識になっているようなことに対しても、「ホントにそうだろうか」と問うてみる。

これらはしかし、やや具体思考である。さらに高度の自由、純粋思考の道に入るには、「なに？」「なぜ？」を問うだけではいけない。未知を考える。

『「マイナス」のプラス』

think
034

童心をたもつ

ものの知りは発見のチャンスに恵まれることがすくない。無知なものにとってはすべてが謎で解決を迫っている。

童心が理想である。知識をもちながら童心に近づくことができれば、創造的比喩はいくらでも生まれるはずである。

『知的創造のヒント』

誤り、失敗を怖れない

アイディア、発明、発見の基本的姿勢として、「常識を疑え」というのがある。既存の権威なども常識に支えられているから、だいたいにおいて非創造的であるのを避けられない。そう考えてみると、誤っておこったこと、失敗したことは、常識を超越しているためにクリエイティヴであるのだと考えられる。

そうだとすれば、失敗、誤り多き人生は新しいものを生み出すのに適しているると評価することができるようになる。

『アイディアのレッスン』

しゃべらない

いい考えが得られたら、めったなことでは口にしてはいけない。ひとりであたためて、寝させておいて、純化をまつのが賢明である。

話してしまうと、頭の内圧がさがる。溜飲《りゅういん》をさげたような快感がある。すると、それをさらに考え続けようという意欲を失ってしまう。あるいは、文章に書いてまとめようという気力がなくなってしまう。しゃべるというのが、すでにりっぱに表現活動である。それで満足してしまうのである。あえて黙って、表現へ向かっての内圧を高めなくてはならない。

『思考の整理学』

思いつきを育てる

いったいに、おもしろい考えはどうもはにかみやらしく、なかなか顔を見せてくれない。不用意に頭のいい人に意見を仰いだりすれば、霜に会った青菜のようになってしまう。気心の知れた仲間からおもしろいといってもらうと、半分顔をのぞかせる。思いつきを育てるには温かい風が必要なようである。

『知的創造のヒント』

利害関係を遠ざける

人間はどうしても、自分を中心にものを見、考えがちで、それが関心と呼ばれる。

何かに関心をもつというのは、それと利害関係をもつことであって、精神の自由もそれだけ制約される。いろいろな知識をもっているというのは、さまざまな利害関係でがんじがらめになっていることを意味する。そういう頭脳では自由奔放なことを考えるのは困難であろう。

『知的創造のヒント』

わざと関心からはずす

何かやってうまくいかなかったらいい加減でそれをひとまずお預けにする。そしておもしろそうなことを何かやってみる。その間に、はじめやっていたことが路傍の花のように見えてくる。いいかえると、セレンディピティをおこしやすい位置に見える。しばらくしたら、また帰ってきてもう一度試みてみると、こんどは案外すらすら進む。

『知的創造のヒント』

think

040

心の出家をする

自由にものを考えようと思ったら、心の中は出家の状態にあることが望ましい。執着ほど自由な思考を妨げるものはない。

『知的創造のヒント』

think

041

超随意的思考に任せる

考えるには、あまり、勤勉でありすぎるのもよくない。ときどきなまける必要があるらしい。その空白と見える時間の間に、ナマな思考が熟して醱酵が準備されるのである。どんな忙しい人間でも、夜は必ず寝るが、この休息こそ創造的思考にとっても、もっとも重要な苗床となる。すべてを忘れて眠っているようであるが、そのじつは意志の力ではどうにもならない超随意的な思考が進められているらしい。

『知的創造のヒント』

書く衝動を逃さない

本を読みたいという気持はときどき起こるが、ものを書きたいという衝動はめったにあるものではない。書くのは相当〝不自然〟なことらしい。書いてみたいという気が起こったら、逃さないようにしなければいけない。インスピレーションではないが、二度とやってこないおそれもある。

『知的創造のヒント』

感想を書く

本なども ただ読みっ放しにしないで、あと、かならず感想を書く習慣をつけるようにしたい。これがどんなにわれわれの精神を大きく豊かにしてくれるか、はかり知れない。書くことはおっくうであるが、頭脳をよくするもっともよい方法は書くことだ。とにかく、書いてみることである。

『ちょっとした勉強のコツ』

一回性の思考を逃さない

ものを考えたり感じたりしたとき、とりあえず記録するノートはその人間の精神生活の履歴書のようなものである。このうえない貴重なものになる。ひとりの人間が偶然のように考えたこと、というのは一回性のもので、一度消えたら永久に還ってこない。

『知的創造のヒント』

手帳を最大限に活用する

手帳のメモは思いつくままに書きつけて行くのだが、書きっ放しではおもしろくない。すこし風を入れたら見直してやる。そこでなおおもしろいと思われる考えはふくらむ可能性がある。用意したほかのノートへ移してやる方がいい。

そういうとき、もとのメモ群がただ雑然と並んでいるのではなく、通し番号がついていると参照のとき便利である。記入した日の日付けも添えておくと思わぬときに役に立つ。

『人生を愉しむ知的時間術』

無駄なノートは取らない

なるべく少なく、少なく、と心掛けてノートをとるのがノートの知恵である。

『知的創造のヒント』

think
047

小見出しをつける

学校の講義のノートでも全文筆記のものは別として要約ノートの場合、適当な小見出しがついているかどうかで後日の勉強に大きな違いが出てくる。ただ、だらだらと書いておくのではなく、まとまりをつけて区分し、それぞれの部分にしかるべき見出しをつけておくと、あとでの検索にも便利だし、頭の中へ入りやすくもなる。

『知的創造のヒント』

見出しがつくもの、つかないもの

見出しをつけるのもメタ・ノートづくりの一部になる。うまい見出しのつくものはそれだけ内容が成長したことになり、逆にいいタイトルや要約語の見つからないものは問題そのものが衰弱しつつあることを物語る。

『知的創造のヒント』

書きなおしの手間を惜しまない

書きなおしの労力を惜しんではならない。書くことによって、すこしずつ思考の整理が進むからである。何度も何度も書きなおしをしているうちに、思考の昇華の方法もおのずから体得される。

『思考の整理学』

スタイルを破壊する

スタイルがなくてはものは書けない。さらには考えることもできない。しかし、いったんできてしまったスタイルは、なるべく早くこわさなくては危険である。スタイルによる自家中毒は、精神にとって、もっともおそろしい老化の原因になるからである。

『知的創造のヒント』

知識は「死んだもの」と考える

本を読んで得られる知識は過去形である。もちろん現代においても通用するところがすくなくないから学校で学習するのだが、いくら知識がふえても、それで現在形のことを考える役には立たない。人間は、過去だけで生きていくのではないから、過去形の知識だけでは不充分なことははっきりしている。どうしても、現在形の思考力、判断力が求められる。それは死んだ知識からでは生まれない。

『元気の源　五体の散歩』

すてる知識を選ぶ

本はたくさん読んで、ものは知っているが、ただ、それだけ、という人間ができるのは、自分の責任において、本当におもしろいものと、一時の興味との区分けをする労を惜しむからである。

たえず、在庫の知識を再点検して、すこしずつ慎重に、臨時的なものをすてて行く。やがて、不易の知識のみが残るようになれば、そのときの知識は、それ自体が力になりうるはずである。

『思考の整理学』

強い影響力のあるものからは距離をおく

よく、なになにから影響を受けたということを告白している本がある。それは婉曲にそのまねをして、セカンド・バイオリンをひいているということに他ならない。自分の考えが生まれなくなるほどに感銘を受けるというのは不幸なことである。アイディアがほしかったら、決定的支配力を持つようなものに接しないのが知恵かもしれない。

『アイディアのレッスン』

分析の本質を知る

分析はいわば破壊である。ものを創り出すには、ほとんどまったく役に立たない。こどもは、おもちゃを分解、こわすことはできるが、もとのものへ復元することはできない。分析が純粋真理のための有効な方法であることに、疑う余地はない。しかし、それによって元のものが破壊されるのだということは、もっとはっきり認識されなくてはならない。

『大人の思想』

創造的忘却

頭をきれいにする、はたらきやすくすることで、忘却は記憶以上のことをすることができる。知識によって人間は賢くなることができるが、忘れることによって、知識のできない思考を活発にする。その点で、知識以上の力をもっている。これまできらわれてきた忘却に対して、こういう創造的忘却は新忘却と呼ぶことができる。これからますますこの新忘却が大きな力をもつようになるだろう。

『乱読のセレンディピティ』

忘却してから記憶する

勉強したら休み時間をとる、のでは順序が逆で、まず休んで、頭の中をきれいに、いくらかハングリーの状態にしておいてから勉強にする。おいしい勉強なんてあるものではないが、ハングリーなら、まずいものは少なくなる。忘却から記憶、忘却から記憶というようにすれば、われわれの頭はずいぶん能力が高まるだろう。

『忘却の整理学』

何足ものわらじを履く

いくつかを同時実行すれば、どうしても、休み休み、になる。それが、頭の好むところでもあって、忘却は、忙しいほど進む。忙しい人ほど頭がよく働くことになる。

勉強専心、ひと筋につながっているのがよろしくない。何足ものわらじを履け、と内心が命じているのであろう。

『忘却の整理学』

雑は純一よりも豊か

学者だけでなく、一業に徹する人は傍から見ると、どこかおかしい。役者バカがあり、〝先生といわれるほどのバカ〟が多くなる。純粋すぎるのは考えもので、多少、不純なところに人間味がある。清濁併《せいだくあわ》せ呑《の》む人間が大きくなる。二股かけるのは不純ではない。ときどきわき道へそれるのは、人生を豊かにする。純はよく、雑はいただけない、われわれはそう思い込まされてきたが、逆に、雑は純一よりも、豊かなのである。

『エスカレーター人間』

雑学的研究から外の世界を知る

若いころ、勉強の方向を見失っていたとき、他の専門の同輩と雑談会をこしらえた。もちろんすぐにはこれといった結果は出なかったが、勉強がおもしろくなった。小さな専門の外に大きな知の世界があることをうすうす感じるようになって、人真似でないことが考えられるようになった。専門をすてる勇気はなかったが、雑学的研究がほとんど未開のまま広がっていることを見つけたように思う。

『大人の思想』

旅人の視点をもつ

独創的思考にとって旅行が有効であることも諸家のひとしく認めるところであって、やはり日常性からの離脱が創造につながることを裏付ける。住めば都、と言う。どんなところでも長い間住んでいると情が移って、ほかよりもよいところのように思われてくる人情を表わしたことばであるが、知的環境としては、住めば都、はもっともまずい状態なのである。行きずりの旅人として見た場合には、おもしろいものが見られても、住みつくと、見えなくなる。

『ものの見方、考え方』

第四章
知性を磨く生活

life

汗を流し、体で考える

日常生活の改造なくして知的生活はあり得ない。一日一日の生きかたにすべての根源がある。

汗を流して、体で考える。観念としての知的生活には反省が必要である。

『大人の思想』

日常を編集する

ぼんやり、なんとなくすごす一日は、編集のない同人雑誌のようなものではないか。そういう生活がおもしろかったり、世のためになったりするはずがない。

自分で編集者になったつもりで、スケジュールをつくるのである。朝はなになにをする。そのあと用事をする。一服したら、ものを調べ、報告書をつくる、ついでに人に会い、……といった具合に予定を組む。一日の生活編集である。その通りはいかなくても、かなりの仕事をこなすことができる。

『知的生活習慣』

思想の根を張る

新年、新しい日記をつける気持ちは格別である。私も何十年来つけ続けてきたが、日記は夜型だ。別に日々の予定、計画がないといけないと考えた。日記だけでは、予算のない決算みたいであるというので、毎日の日課、予定を作るようにした。朝の思想の根である。

『失敗の効用』

予定表をつくる

人から与えられた仕事は、難しいようでも、実は案外やさしいものです。やってみれば、たいていのことはやりとげられます。

それに引き換えて、自分の求めてする仕事には締切もありません。催促する人もいません。当面、はっきりした利益をもたらさないのが普通です。こういう仕事を考え、予定に乗せ、なしとげる。これこそライフワークといえるものでしょう。日記をつけているだけより、予定表をつくる方が、こういう大きな仕事をなしとげやすいのではないでしょうか。

『自分の頭で考える』

レム睡眠を活かす

翌朝になってから日記をつける方がよい。一晩寝ているうちに、頭の中の整理ができる。レム睡眠という眠りがあって、頭はその間に働いて、それまで頭に入ってきた、もろもろの知識、情報、刺戟《しげき》などがここで分別される。保存すべきものと、そうでなく処分した方がよいものとに分け、大切でないものを忘れる。レム睡眠は一夜の中で何度もおこるから、整理はかなり入念に行われることになる。朝目覚めたとき頭がすっきりしている感じになっているのは自然である。

『「マイナス」のプラス』

外付けHDDとしての日記をつける

忘れようと思ってもなかなか忘れられないことでも、書いてみると、案外、あっさり忘れることができます。書いて記録にしてあると思うと、安心して忘れることができるのです。

日記をつけるのも、記録しておきたいという気持ちが主ですが、実際は、日記をつけることで、安心して忘れられるということが少なくありません。

『50代から始める知的生活術』

時間の特性を理解する

頭の仕事をする者にとって、朝は金の時間である。ただし食事をするとたちまち鉄の時間になる。昼食前は銀の時間。食後は鉛の時間になるが、夕方の腹のすいているときはまた銀の時間がやってくる。夕食後は鉛の時間を通りこして、十時以後ともなれば石の時間である。夜型だなどと称してそんな時間になってから頭を使っていれば、石頭になっても不思議ではなかろう。

『ちょっとした勉強のコツ』

「まどろみ」の中で考える

わたくしは、早く目をさましても床の中にいて、あれこれ空想するのを楽しみにしています。いろいろなことが頭の中を飛び交い、なかなかおもしろいものです。ときにはよいアイディアが浮んだりします。あとでメモしようなどと思ったら永久に消えます。枕元にワラ半紙とマジックペンを置いていて、大まかなところを書き留めて心覚えとします。われながら妙案と思われるのが、二つも三つも飛び出してくることもあって、時間を忘れます。

『自分の頭で考える』

life
069

朝食前の時間を使う

どうも朝の頭の方が、夜の頭よりも、優秀であるらしい。夜、さんざんてこずって、うまく行かなかった仕事があるとする。これはダメ。明日の朝にしよう、と思う。

朝になって、もう一度、挑んでみる。すると、どうだ。ゆうべはあんなに手におえなかった問題が、するすると片づいてしまうではないか。昨夜のことがまるで夢のようである。

朝の仕事が自然なのである。朝飯前の仕事こそ、本道を行くもので、夜、灯をつけてする仕事は自然にさからっているのだ。

『思考の整理学』

ブランチを導入する

朝飯前の時間は、よほど早起きをしないかぎり、ほんのわずかしかとれない。それをのばす工夫として、私はかつて、朝食をおくらせ、昼食といっしょにすることを考えて実行した。これだと午前中がすべて朝飯前になる。医者は健康のために朝食をとれと教えるが、頭をうまく使うのに朝昼の食事を合併させるのは名案である。

『ちょっとした勉強のコツ』

歩く習慣を身につける

新しい思考をするためには、机に向かっていてはいけない。外へ出て、あてどもなく歩いていると、新しいアイディアが浮かぶ。いつもというわけではないが、他のことをしているときより、はるかにしばしば、アイディアが湧いてくるような気がする。

散歩に出るときは、メモの用紙とペンか鉛筆をもって出る。

『乱読のセレンディピティ』

思考の霧をはらす

散歩という言葉はぶらりぶらりのそぞろ歩きを連想させるが、それではカタルシスはおこりにくい。相当足早に歩く。はじめのうち頭はさっぱりしていないが、二十分、三十分と歩きつづけていると、霧がはれるように、頭をとりまいていたモヤモヤが消えていく。

それにつれて、近い記憶がうすれて、古いことがよみがえってくる。さらに、それもどうでもよくなって、頭は空っぽのような状態になる。散歩の極致はこの空白の心理に達することにある。

『知的創造のヒント』

あえて非効率を求める

ヨーロッパでは、古くから、散歩中にすばらしいことを考え出したという例がおびただしくある。哲学者には散歩を日課とする者が、はなはだ多い。

アルキメデスは入浴中にすばらしい発見のヒントをつかんだ、というが、湯につかっていると血のめぐりがよくなって、よい考えが浮かぶ。

こうしてみてくると、知的活動は、いくらか不都合な状態において、かえって効率がよいということがわかる。ほかのことをしながら、あるいは、ちょっとじゃまなことをともなっているときに、頭の働きはもっとも活発になるようである。

『ちょっとした勉強のコツ』

手を動かして料理する

うちでは先年、家内が動けなくなり、ごく自然に私が炊事をすることになった。食事を作るのはやってみると、なかなかおもしろい。炊事をしていると、毎日のように小さな発見がある。創造的だと思う。食べてホメてくれる人があれば最高だ。

手を動かすのはエクササイズで健康にもいい。ついでに頭のはたらきもよくなるような気がする。散歩以上かもしれない。

『失敗の効用』

持ち時間を二倍にする方法

たいてい昼の食事直後に床に入って寝る。一時間半くらいすると目がさめる。ねぼけて、こんなに明るくなるまで寝すごして、と錯覚することもある。そういうことがきっかけになって、昼寝のあとはセカンド・モーニング。新しい一日が始まるのだ、と考えることにした。こうすれば、一日が二日になる。一年は二年である。十年生きれば、二十年生きたことになる。昼寝の効用ここにあり。

『人生を愉しむ知的時間術』

シエスタの効用を認める

食後に居眠りをすれば、消化は助けられるが、それと同時に、頭の中の掃除、忘却も大いに促進される。ほんのわずかの時間の居眠りでも、目覚めてみれば、気分爽快、頭脳明晰の状態になっているのが普通である。居眠りを目のかたきにするのは見当違いである。改めて昼寝の効用というものを考えさせられる。シエスタという習慣のある社会も、もとはそういう昼寝の効用に目ざめたのであろう。

『忘却の整理学』

〝酔い〟の効用を利用する

アルコールがすぐれた効果をもっていることは改めて認識する必要があろう。仕事を終えたあとのお酒はおいしいというが、精神の洗濯をして、新しい仕事への意欲をかき立ててくれる。酒は百薬の長、である。そもそも酒が重んじられてきたのも身心をリフレッシュする働きに注目したからであろう。酔うということは、われわれの内部に蓄積する望ましくないものを外へ排泄することである。

『知的創造のヒント』

図書館を使う

ものを書くには、図書館が適している。いっさいわずらわすものがない。

十分もすれば隣に人のいることも忘れて仕事に没頭できる。そうして図書館で書き上げた本がどれくらいあるか、自分でもわからない。書いていてわからぬことがあると、十歩も歩けば書架である。辞書類もわりによく揃っている。図書館は、私にとって、本を借りて読むところではなく、主として、執筆の書斎代用として役立っている。うちの書斎より仕事のはかが行くのである。

『知的生活習慣』

頭の中のメモ

文字によるメモをとると安心して忘れてしまう。跡形もなく消える。直接、頭の中へメモしたことは、時と共に記憶がうすれ、あるいは、変化しはしても、本当に興味のある部分はむしろ、逆に大きくふくらむこともないではない。

『知的創造のヒント』

つまらぬことこそメモをする

つまらぬことだからというのでそのままにしておくと、いつまでも心にわだかまりになる。自由な考えを妨げる。むしろつまらぬことこそメモして忘れるようにしてやった方がよいのだと思うようになった。

『人生を愉しむ知的時間術』

点的継続を心がける

勉強家は休み怠ることをおそれ、絶え間なく仕事をしなくてはいけないように考える。効果をあげる継続はむしろ休み休みの継続であるように思われる。線的継続ではなく点的継続が力を生む。同じところで同じ作物をつくると連作障害で、収穫は逓減《ていげん》する。休作をして、ほかのものを作る。人事でも同じで、休みなき連続は不毛に向かいやすい。間歇《かんけつ》的持続が大きな力を生み、効果をおさめることができる。

『失敗の効用』

タイム・ハングリーに自分を追い込む

時間はすこし足りなめなのがよろしい。時間と競争して仕事し、勉強する。緊張と集中のもとで行われるところから、立派な成果が生まれる。時間が足りないという気持ち、タイム・ハングリーである必要がある。

そのためには、あまり多くの時間をかけないことである。勉強の時間にしても、多ければ多いほどよいなどと考えるのは禁物。むしろ思い切って、時間をすくなくする。その方が充実した勉強ができる。

『ちょっとした勉強のコツ』

思考を切り換える

Aが帰ったら、さっと頭の黒板をきれいに消してBに会う。Bが済んだら、また気分一新してCに会う。これができるのが「随所に主」となることのできる人である。

スイッチの切り換えを早く、きれいにするのは現代人に不可欠の訓練である。それさえできればどんなに多くのことを同時にやっても混乱することがない。

『人生を愉しむ知的時間術』

life
084

ヒマな時間をもつ

忙しい人だけが、本当にヒマな時間をもつ。ヒマな人がヒマを感じることはできない。

『人生を愉しむ知的時間術』

すぐに取り組む

寺田寅彦は、原稿を頼まれて承知すると、すぐ、だいたいのところを書いてしまったそうである。引き受けたとき、すぐにとりかかっておけば、気が軽くなる。まだ時間はある。急がなくていい。ゆっくりやろうと思うと、かえって早く進むものである。

『人生を愉しむ知的時間術』

空白の時間をもつ

自由な時間を上手に使うというのは、やれゴルフだやれマージャンだと、ぎっしりつまったスケジュールをこなすことではない。まず、何もしないでボーッとする時間をもつことだ。充実した無為の時間をつくることである。これがやってみると、意外に難しい。たいていの人は、空白な時間を怖れる。よほど強い個性でないと、ぼんやりしていることはできないのである。本を読むのも結構だが、読まないのもまた、きわめて大切な勉強である。週に一度は、家族から離れて一人になってみるのもいい。

『ライフワークの思想』

思考に休符を挟む

頭の切り換えというが、切り換えには、すこしでいい、白い時間がいる。すぐ次へ移るのはよくない。

何もしないとき、実は大きな働きをする。

『人生を愉しむ知的時間術』

忙しいときこそ遊ぶ

精神もまたしばしば遊びという出家をしなくてはならないようである。暇だから遊ぶというのではなく、むしろ忙しくて心にかかることが多いときにこそ、遊びが必要である。

『知的創造のヒント』

自然のふるいにかける

仕事を全部しようなどと思ったら、七度生れかわってきても追いつくものではない。仕事を選ぶというのも厄介だ。自然のふるいにかけるのがいちばん気がきいている。忘れるにまかせておく。忘れなかったものだけに付き合う。

『人生を愉しむ知的時間術』

活発に忘れる

活発に忘れるならば、心はいつも新しいものを迎えるゆとりをもつことができる。同じところにしばられたり固定したりしていないために自由であり、変化もできる。一つのことに集中したら、いや、一つのことに集中できるには、ほかのことがなるべく干渉しないように一時的に忘れていなくてはならない。それが忘我、無我夢中である。そういう状態でのみ、われわれは真に深い自我の発動による精神の営みを行うことができる。

『ライフワークの思想』

執着をなくす

生まれつきすぐれた頭をもっていても、小さなことでいちいち心の目を覆っているような小心者では聡明さを発揮することは難しい。気になることがあっても、それはそれとして、しばらく、ほかのことをのんびり考える。あるいは、ほかのことに夢中になって、いやなことを相殺する。こういう自由をもったときにはじめて人間は人間らしい生き方ができる。

『知的創造のヒント』

論理から外れ、混沌に身を任せる

一心不乱は論理的ではありうるが、新しいものを生み出すことができない。

不乱は貧しい。混沌、雑然、失敗のなかにこそ新しいもの、おもしろいことが潜んでいるようである。正直で生真面目な人たちが不毛におちいりやすいのは、正しすぎるからである。

『乱談のセレンディピティ』

専門家になるな

専門主義のいけないところは、すぐ行き詰まること。さらにいけないのは、新しいところへ踏み出す力に欠けること。ひと口で言えばおもしろくないことである。三十年も小さな問題を専門にしていれば、人間がおかしくなる。生き生きした知的活動など望むべくもない。

『乱談のセレンディピティ』

頭以外を使う

ことばで考えるのは技術的である。根本のところは体で考えるのでなくてはならない。体を動かさずに頭だけ働かすことができるというのは迷信であろう。

雑談のおしゃべりなども口という体を使っている。気のおけない友人と時の移るのを忘れて浮世ばなれした話に打ち興じるのは、おそらく人生最大の愉《たのし》みのひとつだが、それが頭の血のめぐりをよくしてくれる。そういう清遊のあと、思いがけず仕事がはかどるということもある。

『ライフワークの思想』

ことばを覚えて若返る

ことばによって、長生きをし、若々しくなる方法がある。

いちばん簡単なのは、新しいことばを毎日すこしずつ覚えることだろう。英語でもフランス語でも、あるいは韓国語でもマレー語でも結構。急がずにすこしずつ勉強する。子供に比べてはるかに覚えが悪いが、それだけ心が老化している証拠である。一生懸命に勉強していると、だんだん「童心」に近くなる。童心がなくてはことばは覚えられないからだ。童心が若さをもたらす。

『ライフワークの思想』

姿勢を整える

頭をはたらかせるのには、姿勢が大切である。いちばん合理的な姿勢は立ったときだから、腰をかけないで、立つのがよい。腰をかけて、あるいは、日本流にすわっても、背筋をぴんとのばして姿勢をよくすることを心掛ける。教室で姿勢を正して授業を受けているのは、たいてい成績のよい生徒である。そういう姿勢だと、勉強が頭に入りやすいからだと考えられる。

『ちょっとした勉強のコツ』

〝笑い〟で頭を良くする

笑いもまた、頭をよくするプラシーボ効果がある。くさくさしていてはいけない。ましてや泣いたりしては論外である。笑うのである。笑いは知的であって、よく笑うのは頭の回転がはやい証拠でもある。笑わせていれば頭をよくすることができる。たとえ、生理学的にはそうは言えなくとも、心理的には、そして、人間としては、たしかにそうなる。

『ちょっとした勉強のコツ』

出家的折り返し点をつくる

昔の人は、出家という形でみずから折り返し点をつくった。妻子を捨て、職を捨て、頭を剃って仏門に入るということは、いかに生きるかという考え方から、いかに死ぬかという考え方に転じることだ。ところが、歴史上、そういう人がしばしばライフワークを完成している。後世に残る仕事だ。

いまのサラリーマンにとって、定年が折り返し点にあたるのだろうか。それでは少し遅すぎるのではないか。やはり、みずからの決意によって、出家的折り返し点をつくる必要があろう。それだけではなく、毎日の生活にも、小刻みな出家的心境を持つようにする。

『ライフワークの思想』

人生を二毛作化する

思い切って、生涯を二分し、前段、後段の二つの人生を送るようにすれば、ライフワークの総量はそれまでより大幅に多くなるはずである。二〇歳くらいから八〇歳まで仕事をするとして、前半三〇年と後半の三〇年は独立しているのが望ましい。人生二毛作主義である。二つの仕事がつながっていてもよいが、まるでかけ離れていれば、いっそのことおもしろい。

『失敗の効用』

life
100

頭が身体の一部であることを意識する

われわれは、本当に生きることをやめて、ただことばの上だけで生活、生活と騒いでいるのかもしれない。頭が体の一部であることも忘れてしまって、〝知的ブーム〟が生まれる。それとまるでかかわりのない別なところで〝スポーツ・ブーム〟がわいている。

日常生活の改造なくして知的生活はあり得ない。一日一日の生きかたにすべての文化の根源がある。

『ライフワークの思想』

余生を捨てる

〝余生〟というが、われわれの人生というマラソンには、余生などというのがあってはならない。隠居を考える人生は碁や将棋でいう〝終盤の粘り〟に欠ける。もうだいたい勝負はついてしまった、と早いところで勝負を投げてしまうのが、どこか人生を達観しているようで、〝いさぎよさ〟といったようなもので把《とら》えられているのではないか。やはりわれわれは、最後の最後まで、このレース、勝負というものを捨ててはいけない。

『ライフワークの思想』

第五章

思考につながる読書

read

愛読書はつくらない

読書、大いに結構だが、生きる力に結びつかなくてはいけない。新しい文化を創り出す志を失った教養は、不毛である。

よりよく生きるため、新しいものを生み出す力をつけるために本を読む。有用な知識は学ぶが、見さかいがなくなるようなことがないよう自戒する。著者、作者に対する正当な敬意は当然ながら、とりこになったりすることは避ける。真似て似たようなことをするのは美しいことではない。むやみに愛読書をこしらえ得意になるのは弱い精神である。

『乱読のセレンディピティ』

本は買って読む

本を選ぶのが、意外に大きな意味をもっている。人からもらった本がダメなのは、その選択ができないからであり、図書館の本を読むのがおもしろくないのも、いくらか他力本願的なところがあるからである。

あふれるほどの本の中から、何を求めて読むか。それを決めるのがたいへんな知的活動になる。

『乱読のセレンディピティ』

本の価値を捨てる

借りた本では論外だが、自分の本なら、読むときに、鉛筆でしるしをつけて読み進むのもよい。あるいは、赤、青、黄などのサインペンを用意して、自分の考えと同じものは青、反対趣旨のところには赤線、新しい知識を提供しているところは黄の線をひいておくというようにすると、一見して、どういう性格の部分であるかがわかって便利である。もっとも、これは自分の本で、しかも、本としての価値を犠牲にしてよいと決心できたときにかぎって実行できる方法である。

『思考の整理学』

read

105

読み捨てる

本は読み捨てでかまわない。

本に執着するのは知的ではない。ノートをとるのも、一般に考えられているほどの価値はない。

本を読んだら、忘れるにまかせる。大事なことをノートしておこう、というのは欲張りである。心に刻まれないことをいくら記録しておいても何の足しにもならない。

『乱読のセレンディピティ』

あえて読書を中断する

本を読んでいると、興味の山もあれば谷もある。読むコツは、谷のところで読みささないで、山のところ、あるいは、山へさしかかるところで休止することである。このさきがおもしろそうだ、もうすこし読み続けたいという気持をもったところで、あえて読みやめる。そうすると、あとで本を開くきっかけがつかみやすい。逆に興味索然としかけたところで切ると、本の引力はすくないから、ついとりまぎれて、本へ帰ることを忘れてしまう。かりそめの別れが永久《とわ》の別れになる。

『知的創造のヒント』

いやな本は放り出す

ひとの意見によることもなく、自分の判断で本を選び、自分のカネで買う。買った以上、読む義務のようなものが生じやすいが、読んでみて、これはいけない、と思ったら、読みかけでもさっさと放り出す。いかにも乱暴のようだが、いやな本を読んでも得るところは少ない。

本に義理立てして読破、読了をしていれば、もの知りにはなるだろうが、知的個性はだんだん小さくなる。

『乱読のセレンディピティ』

散歩するように読む

知識を得るには本を読むのがもっとも有効であるが、残念ながら思考力をつけてくれる本は少ない。ものごとを考える力を育んでくれるのは散歩である。

本を読むにも、散歩のような読み方をすれば、思いがけないことを発見できるのではないかと考えるようになった。乱読である。乱読によっておもしろいアイディアが得られる。

『乱読のセレンディピティ』

乱読する

創造力のある、発見のできる頭をつくるには、でたらめの読書が役に立つ。手当たり次第、読んでみる。わからなければ飛ばすが、おもしろいところがあったら、じっくり、つき合う。そういう気ままな読み方をかりに乱読とすれば、思いがけない発見が可能になる。

『乱談のセレンディピティ』

そよ風のごとく読む

やみくもに速いのはいけないが、のろのろしていては生きた意味を汲みとることはおぼつかない。風のごとく、さわやかに読んでこそ、本はおもしろい意味をうち明ける。

本はそよ風のごとく読むのがよい。

『乱読のセレンディピティ』

本の引力に抗う

本は気軽に読んだときもっとも創造的でありうる。しかし、すぐれた本は、そういう気ままな読み方を拒む。ぐんぐん引き入れようとする引力をもっている。それに抵抗するには、途中でやめるしか手がない。たとえ中止することが不可能なときでも、なるべく脱線を大切にして、自分の考えをたしかめながら進むことである。そうでないと、本を読めば読むほど自分の考えがはっきりしなくなってしまう。

『知的創造のヒント』

読後の余韻を使う

本を読んで、すこし飽和感が生じたら、つまり、疲れてきたら、休む。すぐ別の本に手を出すようなことをしてはまずい。ぼんやりする。そこで、頭をリフレッシュしたら、本に戻らず、考えごとをする。いくらか読書の余韻があって、適当に刺激するから、ほかのときとは違った思考があらわれる。

『忘却の整理学』

おもしろい本は途中で閉じる

自分の思考を大事にするなら、思い切って本を閉じてしまう勇気が必要だと思います。小説は違いますが、評論の場合は、本を閉じたあと、自分の頭にはたらいてもらうのです。

『50代から始める知的生活術』

影響を受けすぎない

知的な文章では最後まで付き合っては、あまりに多く影響を受けすぎることになっておもしろくない場合もある。本はきっかけになればよい。走り出させてくれればそれでりっぱな働きをしたことになる。

『知的創造のヒント』

何度も読める本を見つける

何度も読めるのは、どこかおもしろいからである。なにがおもしろいか、といって、自分の考えを出すことほどおもしろいことはない。わからないところを、自分の理解、自分の意味で補充するのである。一種の自己表現である。隅から隅まで、わかり切ったことの書かれているような本では、こういう読者の参入はあり得ないから、つまらない。

『乱読のセレンディピティ』

読んだ冊数を誇らない

これはと思った本は、一度読んだだけで満足してはいけない。風を入れて適当に忘れたころ、もう一度読む。ここで味が変わったら本ものではない。三度、五度と読んで、新しい発見と感銘がある――それが〝わが人生の本〟となる。

そういう本が三冊もあれば、りっぱな読書人であるとしてよい。読む本の多いことをもって貴しとしない。心を育む本を、じっくり味読する。ものを考える力を弱める読書は有害だ。

『失敗の効用』

古典化する本を見つける

百遍読書をしていて、風化する部分の方が典型化する部分より多ければ、だんだんつまらなくなってくる。反覆して読むのにたえられなくなる。たえるのは、だんだんよいところが姿をあらわすような本である。言いかえると、そういう本はその読者において、古典になって行く。

『「読み」の整理学』

書籍に思考を奪われない

人の考えを、自分の考えたことのように思い出すと危ない。そうして身を滅ぼした学者、研究者は、ことに文科系では、数えることすらできない。本を読みすぎてはいけない。考えるじゃまになるような知識はない方がよいのである。

『アイディアのレッスン』

見出しの読者となる

短い時間で、新聞を読むには、見出し読者になるほかない。見出しだけなら一ページを読むのに一分とかからない。これはと思うのがあったら、リードのところを読む。それがおもしろければ、終りまで行く。そんなおもしろい記事が二つも三つもあったらうれしい悲鳴をあげる。

見出しで、記事内容を推測するのはかなりの知的作業であるが、頭のはたらきをよくする効果は小さくない。

『乱読のセレンディピティ』

新聞のサポーターにはなるな

新聞を多少とも、頭の散歩にも役立たせようとするのであれば、すくなくとも、二紙、傾向が正反対の新聞をとるのが賢明であるように思われる。

足の散歩ならいくら長く同じコースを歩いていても、コースにかぶれるということはすくないが、目の散歩、頭の散歩をする新聞である。〝ひとつでは多すぎる〟読者は自分で考えることを忘れて、新聞のサポーターになりかねない。

『元気の源　五体の散歩』

中年なりの読書法を身につける

小説にしろ評論にしろ、中年以降に新たな感動や刺激を求めても、あまりうまくいきません。それより、かつて自分を揺るがす知的体験を与えてくれた本を、あらためて味読してみるのです。

わたしの経験から言えば、くり返し読みたくなる本は二冊か三冊あれば充分です。そういう本をたまに開いて、読んで、ところどころで立ち止まって自分の考えに遊ぶ。時を置いてまた読んで思いを新たにする。

『50代から始める知的生活術』

第六章
発想が豊かになる〝おしゃべり〟

chat

〝おしゃべり〟で賢くなる

過去のことを知るには、本を読むのがもっとも有効であろう。しかし読書は、後ろ向きの頭をつくりやすい。本を読めば読むほど、ひとの考えを借りてものを見るようになる。

余計なことは考えず、ただ、浮世ばなれたことを話し合っていると、本を読んでいるときとはまったく違った知的刺激をうける。もともと人間はそうなっているのであろう。そういう〝おしゃべり〟で賢くなり、未知を拓いてきたのである。

『乱談のセレンディピティ』

談論を軽んじない

乱談は、〝おもしろさ〟を生む。〝おもしろいこと〟を見つける力をもっている。

いくらすぐれた本を読んでも、心を許した仲間と心おきなく語り合う、おしゃべりにまさるものはないように思われる。読書と談笑はまったく別の世界で、古来、読書を大切にし、談論を軽んじたのは、間違っている。談話やおしゃべりをゴシップと混同しておこった誤解がいつまでも生きのびているのは情けない。

『乱談のセレンディピティ』

知性は〝話しことば〟に現れる

話すことは、読むことより容易であるように考えるのも、教育のつくり上げた迷信である。何でも話せるわけではないが、文章にするよりはるかに多くの深いことを伝えることができる。もちろん、愚にもつかぬ〝おしゃべり〟が多いけれども、本当の心は、文字ではなく、声のことばにあらわれる、ということを理解するのは、いわゆる教養以上の知性を必要とする。

『乱談のセレンディピティ』

躍動的思考を呼び込む

気心が知れていて、しかも、なるべく縁のうすいことをしている人が集まって、現実離れした話をすると、生々として、躍動的な思考ができて、たのしい。

たくまずして、話ははじめから脱線している。脱線は脱線を誘発して、はじめはまったく予期しなかったところへ展開して行く。

調子に乗ってしゃべっていると、自分でもびっくりするようなことが口をついて出てくる。やはり声は考える力をもっている。われわれは頭だけで考えるのではなく、しゃべって、しゃべりながら、声にも考えさせるようにしなくてはならない。

『思考の整理学』

立体的コミュニケーションを意識する

ひとりではいけない。二人でも足りない。それが三人になると、知恵が出る。

ひとりの考えは、いわば点である。二人の話し合いは、線と面をつくることができるが、平面的であるのは是非もない。三人寄れば、立体的コミュニケーションが可能になって、点的思考や平面的思考では及びもつかない複雑、混然の豊かさをとらえることが可能になる。

『乱談のセレンディピティ』

浮世離れする

人の名前を出すと、ゴシップや、かげ口になりやすい。なるべく人の名を出さない。できるだけ、あった話ではなく、未来に向かって浮世ばなれたことを、みんなでつつき合ってたのしむ。そうすると、めいめいの頭のはたらきが、はっきりよくなる——そういう仮説のもとに心おきなく、何でも思ったことをしゃべる。おそらく、こんなに楽しいことはほかにあるまい、と思われる。

『知的生活習慣』

異文化を取り込む

同じことをしていない人との談笑が豊かなアイディアの温床である。聞いているほかの人が自分のしていることをよくは知らないと思うと、不思議な自信がわいてくる。自分の分野に関しては、〝お山の大将〟の気分である。心がはずむ。調子にのって、よくも考えないことまでしゃべる。自分でもびっくりするようなことがある。はなはだ創造的で、なによりたのしい。

『アイディアのレッスン』

批判的議論を避ける

だいたいが同学の人たちだと、どうしても話が小さくなる。微妙なおもしろさはあるが、目を見張るような発見とは縁遠くなる。

どうしても防衛的になる。批判的になりやすい。創造のエネルギーははじめから乏しいが、話し合っているうちに、いよいよ弱くなる。

互いにシロウトである人たちの乱談がもっともクリエイティヴであるように思われる。

『乱談のセレンディピティ』

乱談の中の兆候をとらえる

自分でもそれまで考えたことのないことが、乱談のスクランブルで飛び出すことも少なくない。自分ながら、ひどく〝おもしろい〟と思う。乱談でないと経験することのできない〝おもしろさ〟である。

この〝おもしろさ〟を大切にしないといけない。一時的なこととして忘れてしまうことが多いようだが、人生において、もっとも、価値のある思いであるということもできる。そのおもしろさ自体は、発見ではないが、その前触れなのである。

『乱談のセレンディピティ』

笑いの起こる場をつくる

うまく乱談の場をつくることができれば、われわれは半分、ひとの力の触発によって、いくらでも発見に近いことを起こすことができる。創造的乱談かどうかは、その場の笑いによってはかられる。知的笑いは、小発見の前ぶれのようなもので、貴重である。専門家の研究発表は、笑いたくても笑うことができない。気のおけない小グループの談笑はときとして発見の前触れになる。笑いは知的爆発のあかしのようなもので、決して不真面目ではない。

『乱談のセレンディピティ』

聞き上手とほめ上手を味方につける

聞き上手と言われる人は、少ないけれどもいるにはいる。そういう人に対して、われわれは不思議な親近感と信頼感をいだく。その人の前だと普段思ってもみないようなことを思わず口に出したりするものである。
ほめてくれる人は、聞き上手よりさらにいっそうアイディアのよき助産者になる。思考グループにはなんとしても、こういうはたらきをするメンバーがふくまれていなければいけない。

『アイディアのレッスン』

コミュニケーションの多元性を確保する

おしゃべりは二人で成立する。しかし、二人では足りない。三人寄れば文殊の知恵、というように、二人より三人の方が、知恵が出やすい。しかし、三人でもなお足りない。五、六人が集まって、おしゃべりをすると多元的コミュニケーションが可能になり、おそらく最高の人知のあらわれる可能性が生まれるであろう。コンピューターをいくら集めても、おしゃべりをさせることはできない。

『乱読のセレンディピティ』

chat
134

あえてゆっくり話す

イギリス人は、大声でしゃべると、知恵が飛んで行ってしまう、そういって、戦災復興の国会議事堂をあえて小さくして、わめかなくてもよいようにした、という。

大声ばかりでなく、早口もよろしくない。たくさんのことを言おうと思ったら、思い切って、ゆっくり話すと案外、たくさんのことが言える。

『人生を愉しむ知的時間術』

年をとってからの乱談

乱談の活力は老衰をおさえるばかりでない。若いときになかった頭のはたらきを促進する、若返る、などと考えるのは古い。うまくすれば高齢者は、若いときになかった知力、気力、精神力をのばして、若いときとは違った活力に満ちた生き方をすることができる。そういう高齢者がふえれば、高齢化を怖れることもない。

『乱読のセレンディピティ』

第七章

未来を創るヒント

creation

話し聴く能力を育てる

近代教育は日本だけでなくどこの国でも読み書き能力（リテラシー）をつけることを主眼としていて、話し聴く能力はなおざりにされる傾向がつよい。後発の日本はそれが極端である。話し聴く教育は完全に欠落している。

日本人はいつしか話し下手《べた》、聴き下手の文化をこしらえてしまった。大事なことはすべて書きもの、文書などにしないと承知しない。これでどれくらい損をしているかはかり知れない。

『エスカレーター人間』

文字の組み方から意識する

縦書き、縦読みに適していることばや文字を、無理に横にした場合、そこには、左利きを右利きに直すときに見られる支障に相当する害がないとは言えない。これは文字を読むすべての人々が関心をもつべき点である。それは大きく言えば、日本の文化の将来に影響する問題である。

『ものの見方、考え方』

活字により失われたモノに思いを馳せる

あらゆる表現方式のうちで、活字印刷は、おそらくもっとも個人的要素があいまいになりやすい形式であることを、活字に馴れ切ってしまっている現代人はときどき思い起してみる必要がある。活字による個性的表現は、よほどの名文家でもない限り、肉声による味わいには及ばないのが普通である。

『ものの見方、考え方』

見えないものの価値を知る

テレビが生活を支配するようになって、われわれは、何でも形を目で見ないと承知しないようになった。見えないものは難しくて、つまらないと思う。

雑誌なども、写真ばかりのページがふえた。ことばは、具体的、あまりにも、具体的になってしまった。

このことが読みの危機を招く。未知のこと、抽象的なことは、はじめからわからないときめつける人が多くなりつつある。

『「読み」の整理学』

新聞記事を真に受けない

正直に言って、読んでよかったと思うような新聞記事に出会うことはあまりありません。ニュースを別にして、論説などがひどく威張っているのが気に入りません。指導性が強すぎるのです。もっと読むものの心にひびく低い声でものを言ってくれないかと不満をいだいています。

叱られるために読むというのはありがたくないと思うのです。

『自分の頭で考える』

机を高くする

姿勢をよくするには、立つのがいちばんだが、実際問題として、立って勉強するのは難しい。とすれば、机の高さをなるべく高くすることである。

これからの人間工学はそういう合理的な机を作るようにならなくてはならないだろう。

近代社会は座業によって動いている。人はほとんど立たなくなった。それが知的活力を失わせているのではないだろうか。

『ちょっとした勉強のコツ』

散歩をスポーツに

いろいろなスポーツがどんどんプロ化し、つまり本当のスポーツでなくなろうとしている現在、わたくしは散歩をスポーツにしたいと考えています。ヨーロッパの哲学者は、古くから散歩を日課とする例がすくなくありませんでした。スポーツとしての散歩は、哲学者を生むためのものではありませんが、フェア・プレイの心、独自の思考、不屈の意志などをはぐくむことができます。

『自分の頭で考える』

手を動かす

散歩が足のエクササイズなら、かつて足と同じくらいエクササイズをしていた手をほったらかしにしておく手はない。手の散歩というのもおかしいですが、つとめて手を動かすようにするのが健康的でしょう。便利な生活の道具ができたために手も運動不足になっています。昔以上に手のエクササイズが必要です。ことに利き手でない方の手を動かしてやらないといけないでしょう。

『自分の頭で考える』

生得的可能性を取り戻す

生まれて間もない子どもは、もっとも自然に近く、人間の能力を生々しい状態でそなえている。学校教育がそれを考慮しないで、知識を詰め込む。記憶と模倣を不当にありがたがって不自然な学習を強《し》いているうちに、たいていの子が生得的にもっている可能性を喪失してしまうのである。現代文明・文化はもっとしばしば生後直後の豊かな能力のことを考えなくてはならない。

『「忘れる」力』

貧困から学ぶ

かつての最大の教育力は貧困であった。貧困は人間にとって大敵のひとつだ。常識的に見れば、貧困は決してありがたいものではないが、人間を育てる経験としてはかけがえのない力をもっている。おそろしい敵でありながら、長い目で見れば、人間の力をのばしてくれる味方である。貧困を呪うのは誤っている。好敵手としてこれに挑戦すれば、思いがけぬ人間力を身につけることができる。

『「マイナス」のプラス』

借りものの知恵に頼りすぎない

これは英文学に限ったことではないが、外国の知識を頭からありがたがるのはいかにも情けない。自らの頭で考えて、外国を理解すれば、当然、誤解といわれるものに陥るが、それを怖れては、オリジナリティは望めない。異説をたてることを認めないようでは子どもの勉強である。発信力をもつには当然、独自の思考が必要だが、借りものの知識だけからは生まれないことを覚悟しなくてはならないだろう。

『人生複線の思想』

ないものねだりに陥らない

よくわからないのに、外国のものには何か心をひかれる、おもしろい、と言う。しかし、実は、よくわからぬからこそ、心をひかれ、おもしろく感じるのである。こうした理解には、身勝手なもち込みの危険、ないものねだり的な批判の危険もまた大きいのである。

『ものの見方、考え方』

歴史の実体を知る

歴史の実体は、過去そのものとは別につくり出されたものです。事実、実際はとてつもない大きな情報をもっています。そのままはとうてい再現できません。ごくごく一部を選び出すのですが、それには時のはたらきによる変形や細部の亡失がつきものです。われわれは歴史を過信してきたようで、その分、歴史から裏切られたといってもよいでしょう。新しい歴史観が求められます。

『自分の頭で考える』

新しい時代に耐えうる人間になる

まずは個人として、どうしたらコンピューターに呑み込まれないようになれるか、深刻に考える必要がある。

さしずめ、コンピューターのできないことをやるほかないが、読み書きの能力では人間は機械に及ばない。そうだとすれば、いまのコンピューターのできない、話すこと、とくに聴くことの力をのばすしか手はない。

『エスカレーター人間』

人間と機械で住み分ける

人間の頭はこれからも、一部は倉庫の役をはたし続けなくてはならないだろうが、それだけではいけない。新しいことを考え出す工場でなくてはならない。倉庫なら、入れたものを紛失しないようにしておけばいいが、ものを作り出すには、そういう保存保管の能力だけではしかたがない。

だいいち、工場にやたらなものが入っていては作業能率が悪い。整理が大事になる。

この工場の整理に当ることをするのが、忘却である。

コンピューターには倉庫に専念させ、人間の頭は、知的工場に重点をおくようにするのが、これからの方向でなくてはならない。

『思考の整理学』

出典一覧

『思考の整理学』ちくま文庫
『ライフワークの思想』ちくま文庫
『知的創造のヒント』ちくま文庫
『「読み」の整理学』ちくま文庫
『アイディアのレッスン』ちくま文庫
『人生を愉しむ知的時間術』ＰＨＰ文庫
『ものの見方、考え方』ＰＨＰ文庫
『ちょっとした勉強のコツ』ＰＨＰ文庫
『乱読のセレンディピティ』扶桑社文庫
『自分の頭で考える』中公文庫
『50代から始める知的生活術』だいわ文庫
『知的生活習慣』ちくま新書

『忘却の整理学』筑摩書房
『失敗の効用』みすず書房
『人生複線の思想』みすず書房
『「マイナス」のプラス』講談社
『大人の思想』新講社
『エスカレーター人間』芸術新聞社
『元気の源　五体の散歩』祥伝社
『乱談のセレンディピティ』扶桑社
『「忘れる」力』潮出版社

※本書を編集するにあたり、引用文の一部を編集・再構成いたしました。

編集協力——荒田真理子

著者紹介

外山滋比古（とやま　しげひこ）

1923年、愛知県生まれ。東京文理科大学英文科卒。お茶の水女子大学名誉教授、文学博士、評論家、エッセイスト。

雑誌『英語青年』編集、東京教育大学助教授、お茶の水女子大学教授、昭和女子大学教授を歴任。専門の英文学のみならず、思考、日本語論などさまざまな分野で創造的な仕事を続け、その存在は、「知の巨人」と称される。2020年7月逝去。

主な著作に『思考の整理学』（ちくま文庫）、『乱読のセレンディピティ』（扶桑社文庫）、『50代から始める知的生活術』（だいわ文庫）、『ものの見方、考え方』（ＰＨＰ文庫）、『消えるコトバ・消えないコトバ』（ＰＨＰ研究所）など。


本書は、2017年9月にＰＨＰ研究所から発刊された作品を文庫化したものです。

PHP文庫　こうやって、考える。

2021年12月16日　第1版第1刷
2022年9月22日　第1版第12刷

著　　者　　外山滋比古
発行者　　永田貴之
発行所　　株式会社PHP研究所
東京本部　〒135-8137　江東区豊洲5-6-52
PHP文庫出版部　☎03-3520-9617(編集)
普及部　☎03-3520-9630(販売)
京都本部　〒601-8411　京都市南区西九条北ノ内町11
PHP INTERFACE　https://www.php.co.jp/

組　　版　　有限会社エヴリ・シンク
印刷所　　株式会社光邦
製本所　　東京美術紙工協業組合

ISBN978-4-569-90188-6

PHP文庫

感情を整える片づけ

種市勝覺　著

部屋が変わると、心もラクになる！　密教×風水で２０００件以上を鑑定し、開運に導いてきた風水師が、人生がうまくいく整理術を公開！

PHP文庫

世界のエリートが学んできた
「自分で考える力」の授業［増補改訂版］

狩野みき 著

なぜ、日本人は自分の意見が言えないのか？　ＴＥＤｘＴｏｋｙｏ出演の著者が、ハーバード大学が提唱する「考え方のツボ」を優しく伝授！

PHP文庫

ジブリアニメで哲学する

世界の見方が変わるヒント

小川仁志 著

あの国民的アニメを哲学すれば、現実世界の本質が見えてくる！　人気哲学者が、楽しみながら頭がよくなる「思考の新しい鍛え方」を紹介。

PHP文庫

ものの見方、考え方

発信型思考力を養う

外山滋比古 著

『思考の整理学』の著者の目には、世の中はどう映っているのか？　読む、書く、発想するなど身近な事柄を題材に、思考の実践法を学ぶ。

PHP文庫

「考える頭」のつくり方

外山滋比古 著

人は生まれつき、高度な「思考力」をもっている！　答えを導く、直観を磨く、知識を捨てる……知の巨人の頭の使い方をこの一冊に凝縮！